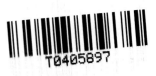

Animales en el desierto

Julie Murray

Abdo Kids Junior es una subdivisión de Abdo Kids
abdobooks.com

Abdo
HÁBITATS DE ANIMALES
Kids

abdobooks.com

Published by Abdo Kids, a division of ABDO, P.O. Box 398166, Minneapolis, Minnesota 55439.
Copyright © 2022 by Abdo Consulting Group, Inc. International copyrights reserved in all countries. No part of this book may be reproduced in any form without written permission from the publisher. Abdo Kids Junior™ is a trademark and logo of Abdo Kids.
Printed in the United States of America, North Mankato, Minnesota.

102021

012022

THIS BOOK CONTAINS RECYCLED MATERIALS

Spanish Translator: Maria Puchol

Photo Credits: iStock, Shutterstock

Production Contributors: Teddy Borth, Jennie Forsberg, Grace Hansen

Design Contributors: Candice Keimig, Pakou Moua, Dorothy Toth

Library of Congress Control Number: 2021939748

Publisher's Cataloging-in-Publication Data

Names: Murray, Julie, author.

Title: Animales en el desierto/ by Julie Murray

Other title: Animals in deserts. Spanish

Description: Minneapolis, Minnesota: Abdo Kids, 2022. | Series: Hábitats de animales | Includes online resources and index

Identifiers: ISBN 9781098260651 (lib.bdg.) | ISBN 9781098261214 (ebook)

Subjects: LCSH: Animals--Habitations--Juvenile literature. | Habitat (Ecology)--Juvenile literature. | Desert animals--Juvenile literature. | Deserts--Juvenile literature. | Desert animals--Behavior--Juvenile literature. | Spanish language materials--Juvenile literature.

Classification: DDC 591.52--dc23

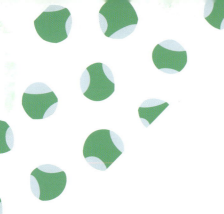

Contenido

Animales en el desierto

En el desierto viven muchos animales.

Las liebres tienes las orejas muy grandes. Eso les ayuda a mantenerse frescas.

Los lagartos viven en la tierra,
esto los mantiene frescos.

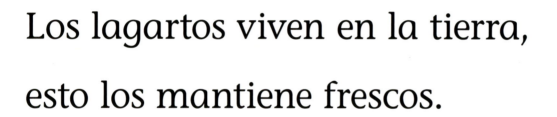

Las **tortugas** tienen caparazón. Con el caparazón se mantienen a salvo.

Algunas aves viven en las plantas del desierto. Ahí construyen sus nidos.

Pájaro carpintero del desierto

A algunos pájaros les gusta comer plantas del desierto.

colibrí de Costa

¡Cuidado! Algunas serpientes pueden ser **peligrosas**.

serpiente de cascabel de la Gran Cuenca

Los búhos viven en plantas,

cazan por la noche.

búho americano

Los correcaminos son rápidos. ¡Pueden correr a 20 millas por hora (32 km/h)!

Más animales en el desierto

el ciervo mulo

el pecarí

la tarántula

el zorro del Cabo

Glosario

peligroso
que probablemente produce daño o que no es seguro.

tortuga
reptil con cuatro patas y caparazón.

Índice

Abdo Kids
ONLINE
FREE! ONLINE MULTIMEDIA RESOURCES

¡Visita nuestra página **abdokids.com** y usa este código para tener acceso a juegos, manualidades, videos y mucho más!

Los recursos de internet están en inglés.

Usa este código Abdo Kids

AAK2088

¡o escanea este código QR!